»Bier, Bier, Bier
wie es auch komme«

»Bier, Bier, Bier
wie es auch komme«

Jean Paul und das Bier

Eine Dokumentation

Zusammengestellt und mit einem
biografischen Essay versehen von
Wolfgang Hörner

Mit Illustrationen von
Stephan Klenner-Otto

Wehrhahn Verlag

Bibliografische Information Der Deutschen Bibliothek

Die Deutsche Bibliothek verzeichnet diese Publikation in der Deutschen Nationalbibliografie; detaillierte bibliografische Daten sind im Internet über http://dnb.ddb.de abrufbar.

4. überarbeitete Auflage 2013
mit neuen Illustrationen
Wehrhahn Verlag
www.wehrhahn-verlag.de
Satz und Gestaltung: Wehrhahn Verlag
Druck und Bindung: Aalexx
Buchproduktion, Großburgwedel

ISBN 978-3-86525-299-9

Johannes wird mit dem Becher dargestellt, Paulus mit dem Schwert. [Nachlass, 452]

Meine Schreiberei [gleicht] dem *Porter*; alle Bierarten vereinigt, die man sonst getrennt bekam. [Nachlass, 2]

Ich habe nie ein Getränk getrunken bloß für meinen Geschmack als das Wasser; jedes andere nur für die Wirkung [Nachlass, 587]

Warum ist man kälter gegen die Menschen, wenn man gegessen, und wärmer, wenn man getrunken hat? [Brief an J. G. Herold, 1. Januar 1794]

Zum eingetunkten Zauberstab Jean Pauls

Ein biografischer Essay

»Wer mich als Autor liebt, erwartet ein Wort, um zu bewundern; wer haßt, eines um fortzuhassen; ich glaube Schweigen befriedigt beide« [27]

»Ein Schriftsteller wie Jean Paul ist mir noch nicht vorgekommen, unter allem, was ich je gelesen habe« kommentierte enthusiasmiert der alte Lichtenberg einen Schriftsteller, der das Weimar Goethes und den Rest der deutschen literarischen Welt in betäubtes Staunen versetzte, Johann Paul Friedrich Richter, genannt Jean Paul, »eine solche Verbindung an Witz, Fantasie und Empfindung möchte wohl auch das in der Schriftsteller-Welt sein, was die große Konjunktion dort oben am Planeten-Himmel ist.« Wie ein Komet glühte der Ruhm des unter ärmsten Verhältnissen in Franken aufgewachsenen Autors auf, den man als den eigentlichen Begründer der deutschen komischen Literatur bezeichnen kann – und wie ein Komet verlosch er auch wieder. In kosmischen Dimensionen wurde Jean Paul, der so mitleidig war, dass er Fliegen züchtete, weil er's nicht übers

Herz brachte, sie zu erschlagen, denn auch meist beschrieben: »wie aus dem Mond gefallen« schien er Schiller, für Arno Schmidt war er ein »heller Stern am literarischen Himmel«.

Natürlich, andere waren weniger begeistert von ihm; Nietzsche zum Beispiel fand ihn fad und bezeichnete ihn als »buntes starkriechendes Unkraut«, Fontane bemerkte zwar »auf jeder Seite ein Goldkorn, das ganze moderne Novellen aufwiegt«, hält jedoch »sieben achtel« für »Quatsch«. Goethe schließlich konnte mit dem Kuriosum aus dem fernen Franken so wenig anfangen, wie dieses mit ihm. »Beim Himmel wir wollen uns doch lieben« hatte Jean Paul bei seinem gloriosen Einzug in Weimar 1796 nach dem ersten Treffen mit dem »kalten Olympier« an seinen Busenfreund Christian Otto geschrieben. In demselben Brief allerdings stellte er fest: »Schon am zweiten Tage warf ich mein dummes Vorurtheil für große Autores ab als wärens andere Leute; hier weiß jeder, daß sie wie die Erde sind, die von weitem im Himmel als ein leuchtender Mond dahinzieht und die, wenn man die Ferse auf ihr hat, aus boue de Paris besteht und einigem Grün ohne Juwelennimbus. ... Kurz ich bin nicht mehr dum«. Und höchst befremdet bemerkt er über den Dichterfürsten: »Auch frisset er entsetzlich«. Nur vier Monate später quitiert er eine – allerdings von fast allen Lesern missverstandene – öffentliche Äußerung Goethes über ihn lapidar: »Göthens Charakter ist entsetzlich.« Martin Walser bezeichnete das von gegenseitigem Unverständnis geprägte Verhältnis der beiden einmal so: »Goethe hatte ein Programm, Jean Paul eine Existenz«.

»Wenn jeder Autor stat eines Romans sein Leben schriebe: so hätten wir mehr Romane« [220]

Was aber hat es mit dieser Existenz auf sich, die für Jean Paul so untrennbar mit seiner schriftstellerischen Tätigkeit verbunden war, aus welcher magischen Quelle sprudeln seine so unendlich reichen Sprach-, Bild- und Ideenwelten hervor? Die Antwort ist ernüchternd: Der Zauberquell ist ein Spundloch, und ein klägliches dazu. Die Zentrifugalkraft Jean Paulschen Schreibens ist die Kompensation seiner kargen Jugend, seiner bettelarmen Studentenzeit und seiner dürftigen Jahre als erfolgloser Satirenschreiber und Hauslehrer in der fränkischen Provinz.

»In meinem 10, 14 Jahr hätte bei meinem Herzen – um das seeligste daraus zu machen – das Schicksal ja nichts anders nöthig gehabt, als mir z.B. .. im 10ten Jahr ein unbedeutendes Mädchen

und die gemeinste Musik und etwas Mondschein entgegen kommen zu lassen. Was half mir nachher alles Wirkliche, als ich schon etwas Bessres in mir geschaffen hatte? – Was hilfts mir jetzt? Ach ich war immer zu spät glüklich, nie zur rechten Zeit.« [456]

Am 21. März 1763 kommt Johann Paul Friedrich Richter – Jean Paul wird er sich zu Ehren Jean-Jacques Rousseaus und Jean Paul Marats erst ab 1792 nennen – als erster Sohn eines Hilfsgeistlichen und dessen angetrauter Ehefrau zur Welt. Mit sechzehn ist er, gerade Gymnasiast in Hof, dann schon Halbwaise und folglich ab nun die – auch finanzielle – Hoffnung der Mutter und der drei Brüder. Vom Vater wird er später wenig schreiben, außer in seiner *Selberlebensbeschreibung*, in der er das vom Entsetzen schrecklicher Träume, düstrer Kirchen und schauerlicher Begräbnisse durchwirkte Jugendleben auf dem Lande zurückruft. Und auch da fällt schon der Satz: »Der Tod ist der eigentliche Schauspieldirektor und Maschinenmeister der Erde…«

Mit fünfzehn beginnt der unendlich lese- und bildungswütige Schüler erste Exzerpthefte, mit achtzehn ist ein erster, zu Lebzeiten nie veröffentlichter, Roman fertig geschrieben. Im selben Jahr nimmt Jean Paul mit einem testimonium pauperitatis, dem eben so lebenserleichternden wie entwürdigenden Armutszeugnis, in Leipzig das Studium der Theologie auf. Seine Hemden trägt er nun der Mode gemäß á la Hamlet, aber die tragen schon bald Speckränder und Verschleißmuster. Ob die Mutter ihm nicht welche flicken könne, fragt er zuhause nach, das Waschen und Ausbessernlassen sei so schrecklich teuer. Geld will er verdienen mit Schreiben, seinen Brüdern, denen man kein Studium finanzieren kann, Zuwendungen schicken, aber es will nicht gelingen. Immer fadenscheiniger werden die Hemden, immer höher wird das Schuldenkonto. Wie besessen exzerpiert Jean Paul geliehene Bücher, ganze Regalwände schreibt er aus. Noch später werden sich die Besucher regelmäßig wundern, wo der belesenste deutsche Dichter denn seine Bibliothek stehen habe? – Es gibt sie nicht. Am Ende seines Lebens ist Jean Pauls Bücheruniversum kondensiert in 110 Exzerptenhefte, zu denen er immer neue und immer ausgeklügeltere Verweissysteme fand, Teil seines gewaltigen, 40.000 Seiten umfassenden Nachlasses. Nicht gegen 200.000 Bände würde er seine Exzerpthefte, den Nährboden, das Blut- und Marksystem seines Schreibens tauschen, sagte er einst dem Besucher Karl Bursy. Und wer erinnert sich da nicht an das *Schulmeisterlein Maria Wutz in Auental*, vielleicht bis auf den heutigen Tag Jean Pauls bekanntestes und von den Deutschen (die das »Vollglück in der Beschränkung«, ebenso lieben wie Jean Pauls Titelfigur) meistgelesenes Stück, das als Teil seines ersten großen Erfolgsromans *Die unsichtbare Loge* erschien. Von Wutzens Bibliothek – »wie hätte der Mann sich eine kaufen können?« – erzählt Jean Paul, daß er sie »sich eigenhändig schrieb«. Und so ist das »Vollglück« des Wutz, von dessen »sanftem und meerestillen Sterben« bezeichnenderweise der erste Satz des Werkes spricht, ein Vollglück der Kompensation, ähnlich wie das des Jean Paul.

Das Wutzsche Glück besteht während seiner Schulzeit in Leipzig meist darin, den Unbilln der Witterung, des Hungers, der Kälte und der durch Mitschüler und Lehrer zugefügten Qualen dadurch auszuweichen, dass er – auf das Nahen des Abends hofft: »... und kroch er endlich in der letzten Stunde eines solchen Leidentages unter sein Oberbett: so schüttelte er sich darin, krempte sich mit den Knie bis an den Nabel und sagte zu sich: ›Siehst Du, Wutz, es ist doch vorbei‹«. ›Eine

Art Idylle‹ nannte Jean Paul das Stück, nicht ›eine Idylle‹ – denn in der Jean Paulschen Idylle wohnen immer die Freude und der Schmerz nebeneinander, und erst der Schmerz macht das Glück, so es denn kommt, so groß und so schön.

»Die Poesie ist die Aussicht aus dem Krankenzimmer des Lebens« [324]

Auch Jean Paul krempt sich zusammen in Leipzig, und er liest und liest und schreibt und schreibt. Ein Studentenleben, wie man's so nennt, genießt er kaum; nur einen Freund hat er, seinen geliebten Oerthel, und der stirbt nach fünf Jahren. Bier und Wein trinkt Jean Paul damals noch nicht – obwohl er später für seine Trinkleidenschaft berühmt werden soll – und überhaupt lebt er ganz im Schreiben.

»Schreib' alles auf; gerade wenn etwas sich zuträgt, glaubt man es nie zu vergessen, weil die Gegenwart glänzt; aber die nächste thuts auch und dan vergisset man.« [11]

»Ich lebe nicht blos von Arbeiten, ich lebe auch in Arbeiten« [399]

Auf den Erfolg der ersten Buchpublikation hofft er – vergeblich. Von den *Grönländischen Prozessen* (1783) verkaufen sich wie auch später von der *Auswahl aus des Teufels Papieren* (1789) nur wenige Exemplare und die Kritik nimmt kaum Notiz davon. Später wird er diesen Zweig seiner Produktion die ›satirische Essigfabrik‹ nennen – und bis zum *Feldprediger Schmelzle*, der 1809 erscheint, nicht mehr daran rühren. Und während er sich mit Hauslehrer- und Erzieherstellen in Töpen, Schwarzenbach und Hof herumschlägt, seine ›erotische Akademie‹ (einen Zirkel von Verehrerinnen) platonisch ›simultanliebt‹ und daneben natürlich exzerpiert, exzerpiert, exzerpiert, sucht ihn ein halbes Jahr nach dem Tod eines weiteren wichtigen Freundes die zweite elementare Vision seines Lebens heim: Die des eigenen Todes: »Ich vergesse den 15. November nie. Ich wünschte iedem Menschen einen 15. November. Ich empfand, daß es einen Tod gebe... An jenem Abend drängte ich vor mein künftiges Sterbebette durch 30 Jahre hindurch, sah mich mit der hängenden Todtenhand, mit dem eingestürzten Krankengesicht, mit dem Marmorauge – ich hörte meine kämpfende Phantasien in der lezten Nacht.« [1410]

Seine erste lebensbestimmende Vision hatte er schon im Alter von vierzehn Jahren gehabt – die des eigenen Ich.

»Das helle Bewußtsein des Ich« und der elementare Schrecken vor unabwendbarer Vernichtung des Endlichen, ein kosmisches Sehnen nach der Versöhnung der schmerzvoll-zerrissenen irdischen Existenz mit dem ewigen Schönen werden ab jetzt Züge sein, die seinen Romanen – bei allen formalen Tollereien – Größe geben. Elemente der Komik, des Schauerromans, der Empfindsamkeit, klassischer Größe und anarchischer Lächerlichkeit, Traumvisionen, Idyllen und Grotesken webt Jean Paul zu unendlichen, sich selbst spiegelnden Romankosmen von selten erreichter poetischer Suggestionskraft. »Der deutschen Sprache die Zunge lösen« [1523] notierte er als Programm – und setzte es um. Nicht umsonst borgte sich Paul Celan Begriffe wie ›Sprachgitter‹ oder ›Niemandsrose‹ aus den Werken des von ihm so geliebten Jean Paul, nicht umsonst sind Wortschöpfungen wie ›Weltschmerz‹ und ›Ehehälfte‹ in die Alltagssprache übergegangen. Dichtung ist Jean Paul »Spiegel des All«, alles ist mit allem kombinierbar. Einheit der Handlung ist ihm ebenso fremd wie Kontinuität des Erzählens.

»›Einheit‹? wenn das Leben keine hat? – Nehmt meine Biographien für die meinige, haltet mich für einen Montaigne, damit ihr mir vergeben könt« [10]

Berühmt geworden sind seine Traumvisionen wie *Die Rede des toten Christus vom Weltgebäude herab*, die Vision des Weltendes im *Hesperus*; die von solcher Sprachmagie sind, dass sie Stephan George Anfang des Jahrhunderts zu den größten Dichtungen der Deutschen zählte. »Entgegen dem formend-antiken und begrifflichen der goethischen erfüllung bietet er unsrem schrifttum das farbige und klangliche, das wir ohne ihn in der vollendung entbehren müßten. aus seinen schöpfungen allein ergibt sich die möglichkeit eines bezugs zu unsren andren künsten vornehmlich zur tönenden«, schreibt George. Zu Träumen äußerte sich der Dichter selbst, etwa im Buch *Briefe und bevorstehender Lebenslauf*: »Der Traum ist unwillkürliche Dichtkunst; und zeigt, dass der Dichter mit dem körperlichen Gehirne mehr arbeitet als ein anderer Mensch ... In Träumern, wie in Trunknen, in Dichtern, asthenischen Kranken ist nichts wacher und stärker als die passive und fühlende Natur. Daher werfen im Traum alle Gefühle höhere Welle, und das ganze

Herz ist flüssig. Daher hat die Rührung darin, wie die Nachtschmetterlinge für die schlafenden Blumen, einen längern Saugrüssel und zieht die innerste tiefste Träne herauf.«

Noch 1820, drei Jahre vor seinem Tod, trug er in seine – auch viele Träume und Traumfragmente enthaltende – Aphorismensammlung ein:

> *»Am Tage bin ich in der Einsamkeit, Nachts geh' ich in Gesellschaft, nämlich zu Bette unter die vielen Traumwesen.« [633]*

Ab jetzt residierte in seinen Schriften »das Tolle neben dem Schönen«, jetzt gelang ihm *Die Unsichtbare Loge*, von Jean Paul selbst meist »Mumien« genannt, ein Staats- und Erziehungsroman, in der der Held die ersten acht Jahre seines Lebens unter der Erde erzogen wird und sozusagen als neugeborener Jugendlicher die Welt und ihre verschiedenen Gesellschaftsmodelle kennenlernt. Das sprachgewaltige poetische Fragment riss Karl Philipp Moritz, dem es Jean Paul als Manuskript schickte, zu der verzückten Bemerkung hin: »Das begreif ich nicht, der ist noch über Goethe, das ist ganz was Neues.« Jean Paul aber schrieb daran nicht weiter, denn er war schon an Besserem – dem *Hesperus oder 45 Hundsposttage*, einem

zwischen Komik, existentialistischem Ernst und verzweifelten Gefühlsausbrüchen changierenden Entwicklungsroman, mit dem er die gesamte Literaturlandschaft seiner Zeit in Bann schlug.

Wieland verschlang das Buch gleich dreimal, der Altvater Gleim meinte: »Dieser Richter schreibt alle Romanenschreiber nieder« und Herder fühlte sich gar für zwei Tage außerstande irgend etwas anderes zu tun, wenn er in diesem Buch geblättert hatte.

Nun wird der Dichter als Komet am literarischen Himmel gefeiert. In rascher Folge erscheint sein *Das Leben des Quintus Fixlein* und der *Siebenkäs*, der Eheroman *Palingenesien* und seine Apologie der Unsterblichkeit, das *Kampanerthal*, so schön und poetisch, dass es auch jemanden, der die Unsterblichkeit für baren Aberglauben hält, dankbar dafür sein lässt, dass für sie ein solches Sprachgewebe entstanden ist. Jean Paul zieht von Hof nach Leipzig, von Leipzig nach Weimar, von Weimar nach Berlin. Er verdreht den ›Titaninnen‹, den ›genialischen Weibern‹ Charlotte von Kalb, Emilie von Berlepsch, Juliane von Krüdener ect. den Kopf. Insgesamt dreimal wird er sich im Laufe seines Lebens verloben (immer mit einer Karoline), zweimal die Ehe versprechen, bevor er 1802 dann eine Frau heiratet, die ganz anders ist, als die ›hohen Frauen‹, mit denen er zu flirten liebte; die häusliche Beamtentochter Karoline Meyer. In Leipzig vertreibt ihn die Hässlichkeit der Landschaft, in Berlin gibt es gescheite Leute, aber keine »Berge und kein bittres Bier«, in Weimar »wo man nur Bücher macht, aber nicht kauft« (Brief vom 29. Juni 1800) bekriegen sich die verschiedenen Dichtercliquen. Er gehört zu keiner – »fremd und wie aus

dem Mond gefallen« erscheint er Schiller – die Zänkereien der deutschen Geistesheroen widerten ihn an. Er schrieb lieber an seinem Großroman, seinem Haupt- und Lieblingswerk, dem *Titan*. Dieser mächtige Entwicklungsroman, vor dem sich der *Wilhelm Meister* verstecken müßte, wären da nicht die edlen Charaktere so edel und gut geraten, daß sie halt nur edel und damit einfach zu blaß wirken, ist Jean Pauls Großanstrengung im ›italiänischen‹, also hohen Stil, den er vom ›deutschen‹, der Ernst und Scherz mischt, und dem ›niederen‹ ›niederländischen‹ abgesetzt wissen will. Als ›komischer Anhang‹ dazu wurde eines der grandiosesten kleinen Werke der Weltliteratur veröffentlicht: *Des Luftschiffers Gianozzo Seebuch*. Befreit von dem übermächtigen, im *Titan* selbstgesetzten Anspruch, schreibt Jean Paul hier befreit auf, reißt den Leser in ein entfesseltes Wortmeer um das Weltgericht, die letzte, im tödlichen Gewitter endende Ballonfahrt des vor enttäuschter Weltliebe zum Misanthropen und Racheengel gewordenen Gianozzo, ein Büchlein, das die vielleicht mitreißendsten Naturbeschreibungen enthält, die die deutsche Literatur überhaupt zu bieten hat.

Jean Paul selbst sucht dagegen das Kleine.

> *»Ich halt' es eben für meine Pflicht, nicht zu genießen oder zu erwerben sondern zu schreiben – soviel Zeit es auch koste oder Geld weggehe – ja, so viele Freuden, z.B. die Schweiz zu sehen, mir blos das Opfer der Zeit versagt.«* [71]

Kaum verheiratet, beschließt er »nur noch den Schreibfinger« aus dem Haus zu strecken und zieht wieder nach Franken. »Höre!« schreibt er seinem Freund Christian Otto »Höre, ich lasse den Gedanken mehrmals sich zu mir auf den Schoß setzten, daß ich mit Caroline ja nach Bayreuth ziehen könnte und du mit. – Höre, Höre! Die Gegend und das Bier und die Wohlfeile ziehen; so sehr das enge Volk abstößet«. Das wird noch dauern, zuerst zieht er noch etwas im Fränkischen umher, aber im Jahre 1804, in dem sein drittes Kind geboren und die *Vorschule der Ästehtik* veröffentlicht wird, landet er schließlich doch in Bayreuth. Seine berühmte Definition des Humors als des umgekehrt Erhabenen, der nicht das Einzelne, sondern das Endliche durch den Kontrast mit der Idee vernichte, entstammt dieser bis heute nicht genug gewürdigten Ästhetik, von der noch Coleridge und Schopenhauer ihre Humordefinitionen abgeschrieben haben.

»Unähnlichkeit der Kinder und Väter: die Bücher haben die meisten Eselsohren, deren Väter keine haben.« [1589]

Noch einundzwanzig Jahre wird Jean Paul in Bayreuth leben, die durch ihn berühmt gewordene Gaststätte ›Rollwenzelei‹ aufsuchen, um dort beim Weine zu schreiben, wird große Romane verfassen – die zum Weinen komischen und traurigen *Flegeljahre*, das hochgelobte Spätwerk *Der Komet* (ich habs noch nicht gelesen – etwas Schönes muss man sich ja aufsparen für später), Satiren wie *Doktor Katzenbergers Badereise* oder *Des Feldpredigers Schmelzle Reise nach Flätz*, Schriften über seine Steckenpferde, die Unsterblichkeit, das Fugen-›s‹ bei deutschen Doppelwörtern und viele andere.

Seine heiße Phase der Sympathie mit der französischen Revolution war schon abgekühlt: »Die Revolution hat eigentlich ihren guten Samen über die Gränze geworfen zu uns; in ihr welkte alles ab.« [936] Und wenn auch seine spitzesten Bemerkungen gegen Absolutismus und die deutsche Kleinstaaterei schon geschrieben waren, so verfasste er auch hier noch politische Schriften, die später zu dem Zensurgutachten beitrugen: »Was endlich die *politische Tendenz* seiner Schriften betrifft, so kann wohl auch der wärmste Verehrer Jean Pauls nicht leugnen, dass dieser ein freisinniger Mann war; und darum sind die meisten seiner Schriften von der klösterlichen Zensur mit einem ›Transeat‹ [darf passieren], eine mit ›Erga schedam‹ [nur gegen speziellen Erlaubnisschein auszuleihen] und zwei mit ›Damnatur‹ [wird verworfen] bezeichnet.«

»Die Bücher sind die stehende Armee der Freiheit« [950] notiert Jean Paul im Nachlass, jenem ungeheuren Zettelmeer aus vierzigtausend Blatt, das er bei seinem Tode zurückließ. Fast 180 Jahre lang lag diese literarische Kuriositäten- und Wunderkammer kaum erschlossen, von den Nachlassverwaltern wenig erforscht oder kartographiert in philologischem Dornröschenschlaf. In siebenunddreißig Schachteln verpackt wanderte

das Konvolut von Bayreuth über München nach Berlin, galt nach dem Kriege als verschollen und kehrte 1958 aus sowjetischen Beutegutbeständen wieder nach Ostberlin zurück. Eduard Berend, der Herausgeber der historisch-kritischen Jean Paul Ausgabe hatte in den dreißiger Jahren mit der Edition des Nachlasses begonnen, bevor er 1938 Deutschland wegen »rassischer Unzulänglichkeit« verlassen musste – er war Jude. Als er nach dem Krieg nach Westdeutschland zurückkam, lag der Nachlass im Osten – seine Herausgabe fiel dem Kalten Krieg zum Opfer, zumal Jean Paul trotz seiner republikanischen Einstellung in der DDR lange als »Schilderer von Idyllen und spießbürgerlichen Sonderlingen« (*Sozialistisches Lexikon von A-Z in einem Bande*, Leipzig 1952) verpönt war. Erst Ende der achtziger Jahre machte sich ein Wissenschaftlerstab an die systematische Sichtung des Zettelmeers, von dem insgesamt etwa ein Fünftel in einer vielbändigen wissenschaftlichen Edition während der nächsten Jahre veröffentlicht werden soll – und hier werden wir die letzte, bisher nur ansatzweise bekannte Facette des Jean-Paulschen Werkes sehen.

»Die Tafel seines Gedächtnisses ist eine Bruttafel von wimmelnden Ideen« [1567]

Denn mit diesen Notaten kann man erkennen, warum Rolf Vollmann meint, »daß Jean Paul vermutlich der genialste Aphoristiker war, den wir je hatten«. Jean Pauls ›Milchstraße von glänzenden Pointen‹ [151] bietet einen hervorragenden Einblick in seine Welt und Schaffensweise, lässt erkennen, wie vieles von dem, was in den großen Romanen mit spielerischer Hand hingegossen scheint, Vorstudie um Vorstudie erforderte und wie hart Jean Paul seine humoristischen Szenen erarbeitete »Meine Poesie, Witz p. würde man weniger schätzen, wenn man die Mühe kennte –

die Philosophie mehr, wenn man die Leichtigkeit und Sorglosigkeit kennte.« [81].

Zudem liefert der Jean Paulsche Schreibsteinbruch einen hochgelehrten, tiefvergnüglichen und immer wieder überraschenden Gedankenschatz über Literatur, Geistesgeschichte und Politik, Menschliches, Leibliches, Seelisches, Gott und die Welt. »Mancher witzige Einfall sticht gleich den Bienen nur einmal« [1512], ist einer der Einträge – die meisten der Jean Paulschen Gedankenblitze sind besser. Hier lagern wie in einer riesigen Geröllhalde die Stoffbrocken, aus denen Jean Paul seine kometenschönen, manchmal ärgerlich-rührseligen, bizarr-tollen und irgendwie auch immer himmelstrauriggroßen Romane zauberte, für deren verwinkelt-gemächlich schreitenden Gang – besonders in unserer hektischen Zeit – gilt: »Wenn sie es nicht *zwei*mal gelesen: so haben sie es nicht *ein*mal gelesen.« [193]

Jean Paul genießt nicht nur den Ruf eines großen Dichters, buntschillernden Stilisten, eines kauzigen Kuriosums, mitleidsvollen Fliegenzüchters und bedingungslos seinem Haustier verfallenen Pudelhalters – sondern auch den eines großen Biergenießers. Kaum ein Biograf, der sich nicht mit der Rolle alkoholischer Stimulantien im

Leben und Werk Jean Pauls beschäftigt hat, kaum ein Aufsatz, der auf dessen Passion nicht mindestens fußnötlich verweist. Umso schmerzlicher, dass es bisher eine Dokumentation des Jean-Paulschen Bier-Briefwechsels nicht gab; und dies zumal, da für den (von Stefan George als »Meister der fränkischen Hügellande« und »größte dichterische Kraft der Deutschen« titulierten) Dichter das Bier nicht nur »das Wichtigste« war und er seine Wohnortwahl wiederholt und mit immer höherer Vordringlichkeit von der Verfügbarkeit guten Gerstensafts abhängig machte – sondern auch, weil er sich für das geliebte Getränk sogar (wie sonst fast nie) zu goethescher Diktion aufschwang und das Bier zur »bedeutenden« Sache erhob. Mit Recht. Bier war unverzichtbare Schreib-Stimulanz, über das Bier und das Schreiben verfasste Jean Paul ein flammendes (oder sollte man eher sagen: vollgetränktes?) Grundsatzschreiben. Mit Bier kurierte er Leib und Seele – sogar seine Eheschließung bringt Jean Paul mit dem Trinken in Verbindung und auf der Rückseite seiner Verlobungsanzeige bittet er seinen besten Freund um Rat bezüglich seiner Wohnortwahl: wichtig ist ihm nicht etwa gute Gesellschaft für seine Frau, sondern gute Landschaft und gutes Bier. Für das Bier riskierte

Jean Paul Freundschaften und für das Bier kam er sogar mit dem Gesetz in Konflikt.

Bei der Wortwahl zum Lobpreis seines Lieblingsgetränks kennt der Dichter keine Schranken – in ungehemmter Bier-Verzückung streift er sogar hart die Grenze des Sakrilegs: »Seelentrank«, »Magen-Balsam«, »vorletzte Ölung«, »Weihwasser« (um nur einige Beispiele aus dem nahezu unerschöpflichen Vokabelmeer aufzuführen) nennt er das unverzichtbare Nahrungs-, Genuss-, Heil- und Schreibtriebmittel. Alle Register der Rhetorik – vom unterwürfigen »Mein lieber Hiob!« bis zum harschbefehlenden »Schaffe mir ja wieder Bier« – zieht er, wenn es darum geht, einen Bekannten zur Biersendung zu befeuern. Man kann sich tatsächlich dem Einduck nicht entziehen, daß Jean Paul den ein oder anderen Bekannten danach ausgesucht habe, wie tauglich er zum Bier-Beschaffen sei.

Aber wie groß auch immer der Aufwand gewesen war – Jean Paul konnte sicher sein, dass er lohnte: »Bei der Einfahrt eines Bierfasses« – schreibt Jean Pauls angetraute Ehefrau Karoline – »läuft er seliger umher als bei dem Eintritt eines Kindes in die Welt ... Mit solcher Ungeduld werden die Stunden gezählt und schon im Voraus mit Trinken gefastet. Ist er [der Kutscher] endlich angekommen, denn wehe ihm, wenn er zu lange ausruht; gleich muß das Bier ins Haus, um einen frischen Krug mit dem Heber herausziehen zu können.«

Wenn sich diese Dokumentation auch fast ausschließlich dem Jean Paulschen Verhältnis zum Biere widmet, sei doch nicht verschwiegen, dass des Autors erste enthusiasmierte Stimulantienbriefe dem Weine gelten: »Mir wär' es heute lieb, wenn du 3 Gläser schwenken ließest, damit wir einmal die Bouteille auf Gläser fülten und abzögen. Sobald ich beim Wein und bei dir war: geh ich nach Hause und korrigiere den Siebenkäs zu Ende. – Um 3 1/2 Uhr käm' ich mit der Flasche.« (an seinen Freund Christian Otto, 31. März 1796, Hof). Damit wäre auch Jean Pauls eigene Angaben, er habe bis zum 20ten Lebensjahre weder Kaffee noch Bier zu sich genommen, sei erst mit 30 zum Bier und acht Jahre später zum Wein gekommen, als dezente Schummelei enttarnt. Von Verlegern ließ er sich für kleinere Dienste (wie etwa das Vorwort zu E.T.A. Hoffmanns *Fantasiestücken in Calotts Manier* oder »als eine Einladung zum Kollaborieren an einer 1/4Jahresschrift« [Brief vom 29. April 1800 an Friedrich von Oertel]) mit Weinsendungen, nicht Bierfässern ausstaffieren. Die Idee, sich mit letzteren beschicken zu lassen, fußte wohl auf einer geglückten medizinischen Weinsendung, um die er den Leipziger Dichterkollegen Felix Christian Weiße anging: »Ernstlicher! Meine Freundin, die Frau unsers Herders, weis für ihre Nerven keine[n] offizinellern Wein als den Zyper-Wein. Ich habe vergeblich darum – weil hier keiner ist – nach Hof an einen Griechen geschrieben. Da Sie nun über den Wein-Zehend und Zol aufsehen, so haben Sie vielleicht Gelegenheit meine Bitte zu erfüllen, daß Sie irgend jemand veranlassen, mir einstweilen unfrankiert auf der Post 1 Bouteille, was sie auch koste, eilig zuzusenden« (10. Juni 1799, Weimar). Knapp sieben Wochen später ergeht die erste Anfrage nach sanitären Biersendungen an Christian Otto. Anfänglich zeigte Jean Paul sich in der Wahl seines potentiellen Lieferanten zwischen den Freunden Christian Otto und Emanuel Osmund schwankend, gegen Ende fiel dann aber das zunehmend arbeitsreicher werdende Los ausschließlich Emanuel zu; wir vermuten übriges, weil Jean Paul im Falle Emanuels nicht so recht wusste, was sonst schreiben.

Dass Jean Paul allerdings durchaus nicht nur alkoholischen Getränken zugeneigt war, sondern allem Flüssigen gegenüber generell eine trinkfreudige Einstellung besaß, mag – diese kleine

Einleitung abschließend – ein Brief an die von ihm verehrte Amöne Herold vom 12. August 1798 aus Leipzig belegen: »Als ich bei Aschersleben – ungefähr 25 Meilen von Ihnen – Abends mit meiner Postchaise über die Saale gerudert wurde, und an ihre Wellen einsam und bewegt hinunter sah, so sagte ich mir: alle diese Wellen sind durch Hof und vor Ihrem Gartenhause und vor meinen lieben Menschen vorbeigeflossen! Wie sehnsüchtig und vertraut und so nahe euch allen blikt ich jedem Wasserring und dem langen fliehenden Zuge nach, und ich hätte gern die liebe Flut fassen und trinken mögen.«

Jean Pauls Bierbriefe werden ergänzt durch mehrere unlängst in Auswahl veröffentlichte Aphorismen aus dem Nachlass (all jene Zitate nach Jean Paul: *Ideengewimmel. Texte und Aufzeichnungen aus dem unveröffentlichten Nachlaß.* Herausgegeben von Kurt Wölfel und Thomas Wirtz, die Nummerierung in eckigen Klammern folgt dieser Ausgabe) und zudem einige berechtigte und drei gänzlich unberechtigte Aussagen über den Bier- und Prosafürsten aus Franken. Seine ›moderne‹ Orthographie (lange Zeit eins seiner Steckenpferde) wurde beibehalten.

»Bier, Bier, Bier,
wie es auch komme«

Die Bier-Briefe

27. Oktober 1795, An Christian Otto, Hof

Nim die späte Retour nicht übel. Sage meiner Mlle Schwester, beim Wolfram neben der Kappelmühle sei zu bekommen fein fein Raffinad-Bier: experientia teste. –

N.S. Gerade als die Biersoubrette mit einer Wasserstüze zu Bouteillen wiederkomen solte: war nichts mehr da; ich lasse obiges als guten Willen stehen.

10. Juni 1796 An Otto, Jena

[Über Jena, seine Bewohner und sein Bier] Über den Orlagrund gehet keine Schönheit der Welt – ausgenommen die lebendigen, die in doppeltem Sin darüber gehen. – Inzwischen giebts in der hiesigen Gegend gerade das Gegentheil davon und die Natur brach den Gesichtern ab, was sie den Gefilden zuviel schenkte. Häslicher als jeder Physiognomie ist die des Biers, blos der Geschmak desselben ist noch abscheulicher als jene.

18. Juni 1796 An Otto, Weimar:

Ich lebe fast blos von Wein und englischem Bier. ... Hier sind alle Mädgen schön.

19. Juni 1796, An Otto, Weimar

Meine gute Ostheim hat 6 Bout. Wein und englisches Bier für mich zum Frühstük zu Oertel geschikt – ach, du weist ja kein Wort, daß ich bei diesem logiere, prächtiger als in meinem Leben.

7. November 1796, An Otto, Hof

Ich danke dir herzlich für dein Auffüllen meines heidelbergischen Freudenfasses. Aber so springen die Reife.

21. Februar 1797, An Charlotte Kalb, Weimar

[Über seinen Ruhm, und einen Bericht J.F. Reichardts, in dem von seiner Glatze die Rede war] Mein kahler Kopf hängt nun wie ein Bierzeichen auf die Gassen des Publikums heraus und ich mus es erwarten, ob ihn die Vorübergänger mit Pfeilen oder Lorbeeren bedecken.

17. Dez 1798, An Otto, Weimar

Wieviel ich leider trinke – da hier nur das englische Bier gut ist, aber so, daß du mehr Glas als Nas einkaufst und zwar für 21 Pf. 1 Bouteille, wovon man 3 braucht – das mus dir daraus einleuchten, daß meine [Hauswirtin] Kienhold, die wie ihr Man nie einen Tropfen englisches Bier anlekt, sich ein Faß davon eingelegt, blos um es an mich zu verzapfen.

1. August 1799, An Otto, Weimar

Meine Reisen zerstören mich; wie das englische Bier hier; trink ichs noch ein Jahr, so bin ich todt; das *weis* ich. Kan man denn für alles Geld kein Johannisser hieher erhalten? Jeder Preis ist mir gleichgültig. Frage doch Emanuel.

10. August 1799, An Otto, Weimar

Dich anlangend, so bitt' ich dich sehr um Flaschenbier; etwas köstlicheres kan ich aus allen fränkischen Weinkellern und Bischof- und Punschessenz-Buden nicht holen.

8. Oktober 1799, An Buchhändler Frommann, Hildburghausen

Mein guter Fromman! Die Theologen haben vier letzte Dinge: ich habe in diesem Briefgen blos vier verschiedene oder erste: mich – Thiek – Fichte – und das Bier.

[...]

[4. Vergeben Sie, daß ich im Vertrauen auf Ihre Güte, Bier, das ich von Bayreuth kommen lasse – um nicht am englischen weimarschen umzukommen – an Sie addressieren lies; vergeben sie es.

20. Nov. 1799, An Otto, Weimar:

Du erhälst beikommend durch Fuhrmann Zapf 1 [leeres] Fas, für welches Du nach richtiger, zu rechter Zeit und unbeschädigter Lieferung soviel Fracht dortiger Währung zu bezahlen beliebst als er fodern wird.

Lasse dan diese und die gelegentliche Fracht nach Bayreuth von Emanuel bezahlen, damit ich alles Einem schulde und ers buche. Das Bier ist so kontentierend, daß ich gestern gar nicht damit zu kontentieren war, sondern forttrinken wolte. Er [!] ist der Pestilenziarius meiner verpesteten Nerven. An Emanuel wird ein langer Dankpsalm erlassen.

...

Höre, ich lasse den Gedanken mehrmals sich zu mir auf den Schoos sezen, daß ich mit C. ja nach Bayreuth ziehen könte und du mit – Höre, Höre! Die Gegend und das Bier und die Wohlfeile ziehen; so sehr das enge Volk abstößet.

3. Januar 1800, An Emanuel, Weimar

Aber vom Wichtigsten zuerst! – Ihr Bier ist schon seit so lange ausgetrunken, daß ich wieder mit ihm zugleich (durch das englische) den Appetit verloren habe. Leere Fässer kommen – ungleich ähnlichen Menschen – schwerer fort als volle; kein Fuhrmann belastet sich mit jenen. Belasten Sie also mit diesen einen für mich. Alle meine mörderischen Nervenübel – die immer mit der sonnenhellen Kälte kommen und mein Leben unterhöhlen – entfliehen vor einem Getränk, das zugleich Ägypter und ägyptische Priester erfanden, die beide durch Einbalsamieren Unsterblichkeit austheilten.

30. Januar 1800, An Otto, Weimar

Bayreuther Bier gebe mir Bayreuth. Sechs und sechzig hiesige Groschen *Postgeld* kosten mich 32 gothaische Maas Waizenbier, das man mir zu[ge]sandt; die Maas selber kostet an Ort und

Stelle 2 gr.; hier noch die Akzise ect. Wenigstens nicht theuer ist solches Gesöff.

6. Februar 1800, An Otto, Weimar

Schaffe mir ja wieder Bier.

16. Mai 1800, An Otto, Weimar

Federn! – Bier! –

16. Juni 1800, An Gleim, Berlin

Mein Herz wil die häusliche Stille meiner Eltern, die nur die Ehe gibt [...] Ohne Ehe, treib' ich mich auf Kosten meiner Gesundheit in Städten und Zirkeln herum, wo ich zuviel spreche und trinke.

11. September 1800, An Ahlefeldt, Weimar

Ist kein altes starkes (aber nicht englisches) Bouteillen Bier zu kaufen?

22. November 1800, Rückseite seiner Verlobungsanzeige mit Karoline Mayer, einer kleinen, gedruckten Karte, An Emanuel, Berlin

Lieber Emanuel! Auf dieser Karte ist so viel Inhalt wie im längsten Brief. Das Schiksal giebt mir endlich das, um was ich so lange herumirte. Jezt fehlet mir nichts wie eine Stadt; wozu ich Sie mir die wohlfeilste, gebildetste, beste in der Gegend und im Bier, vorzuschlagen bitte. Leben Sie wohl.

24. Dez. 1800, An Otto, Berlin

Im Frühling zieh' ich schon des Biers und der Gegend wegen aus diesem Freudensaal wohin? – Sag' es! – Und in die Ehe.

28. März 1801, An Oertel, Berlin

Fichte ist gut mit mir, obgleich zwischen uns nur so lange Waffenstillstand ist, als wir trinken. –

13. Januar 1802, An Emanuel, Meingen

Lieber! Aus Zeit-Mangel schreib' ich nichts als die Wiederholung *der Bier-Bitte.*

12. Februar 1802 An Emanuel, Meinigen

Solte das Bier schon unter Wegs sein – was Gott gebe – so bitt ich Sie herzlich, sogleich neues nachzusenden; weil der Transport vom Fas in mich viel schneller geht als von Bayreuth zu mir.

27. März 1802, An Otto, Meiningen

Von Zeit zu Zeit wurde dem Herzoge, dem Prinzen von Hessen-Philippsthal und dem fürstlichen, vorn mitsitzenden Gefolge ein Krug gutes Bier gebracht, das unter uns hinauf und hinablief.

11. April 1802, An Emanuel, Meiningen

Vielen Dank für den Sechseimer Seelentrank; gestern fieng ich mein Wässern wie andere Wiesen an. Pro Centner Fracht 1 rtl. – ist das von Koburg oder Bayreuth – Adio Carissimo.

30. April 1802, An Emanuel, Meiningen

Noch ein zweites Tausend Dank für das Seelenbier.

8. Mai 1802, An Otto, Meiningen

Emanuels Bier gibt mir wieder einen Magen, den Mantel des Lebens.

22. Juni 1802, An Emanuel, Meiningen

Das Bier ist noch kostbar, versiegt aber. Darüber künftig und für die Zukunft

28. Juli 1802, An Emanuel, Meiningen

Wie will ichs anders machen, Emanuel? Wenn Sie auf der einen Seite in den 51/2 Eimer sehen, von dem nichts mehr da ist als die Eierschale – der Phoenix ist ausgekrochen – und auf der andern in mein Lumpennest, wo nichts trinkbares zu haben ist als Wasser – und auf den übrigen in die Ferne des Herbstes, in meinen Jammer und dergl.: so werden Sie sagen: »Freilich!« – Also mit der Post. Ich meine so: fals ein Eimer auf der Post blos die doppelte Fracht kostet, nicht mehr, so senden Sie mir ihn in Gottes Namen *sogleich*, ja, geben Sie das Fas gleich dem gelben Überbringer dieses mit. Es mus nicht gerade Jonn[iter] Bier sein, auch Bayreuth[er] nehm' ich, auch nicht gerade das beste (Da der ganze

August und Sept schön wird, so ist dessen kühler Anfang gut zum Transport): so durft' ich. – Ich bekenn' es, ich hatte anfangs keine Hofnung, daß der 5 1/2 Eimer so lange <bis jezt> nachhalten würde – um so mehr, da durch das Zertheilen in kleine Fässer meine Frau an 20 Bout. guten Essig gewonnen –: indes hab' ich durch Gottes Segen – und vielleicht weil ich allein trank – gut noch für diese Woche.

Vergeben Sie, daß Ihnen immer mein Bier Flus nachsezt; und erfüllen Sie meine Bitte auf alle – meine – Kosten. Dieses verdamte Bedürfnis meines Magens und Gehirns treibt mich und mein Haus aus allen großen Städten – z.B. Dresden – zurük und endlich immer südlicher entweder einmal nach Bamberg, Erlang ect. Rathen Sie mir doch eine Wohnsstadt.

30. Juli 1802, An Emanuel, Meiningen

Ich lies den Brief wieder von der Post holen, weil mir Schwendler – der Sie sehr grüßet, die gute Hofräthin in Schwarz **ach** und **ich** und **auch** – den herlichen Rath gab, diese zu bitten, von Kulmbach aus, einen Boten – der der Hize und des Bieres wegen immer in der Nacht fahren müßte – mit Kulmbach[er] und Bayreuth[er] Bier hieher schicken möchte. Emanuel, nur einen Nachtboten mit einem Karren stat der Post! Von wo aus, womit, wofür, wie theuer – das ist eins. Ich bitte Sie und die Hofräthin; machts aus und schikt ohne Post.

17. August 1802, An Emanuel, Meiningen

Lieber Alter! Seit gestern schwimm' ich im Meer des Vergnügens oder Biers; der Einspänner holte mirs für 4. Laubtl., nachdem ich vorher einen Schub-Kärner – weil Ihr erster mir nur 2 Fäsgen versprach – umsonst mit seiner Frau für 3 fl. darnach gesandt. Kostbar ist es, mein Herbst=Trost, mein Magen=Balsam, mein Palliativ gegen Meiningen. In Spätherbst schikt ein Bier=Verein einen Wagen gleich von hier aus zu Ihnen.

6. September 1802, An Otto, Meiningen

Anlangend das Bier, sag ihm [Emanuel], ich würde Anfang November – wenn ers nicht früher wil – meinen Einspänner von hier aus nach Bayreuth und mit der Bitte um 6, 7 Eimer schicken.

10. September 1802, An Emanuel, Meiningen

Über das Bier hat Otto etwas zu sagen. – Im künftigen Jahr zieh ich entschieden Ihrem Brau- und eignen Hause näher.

20. September 1802, An Emanuel, Meiningen

In der Mitte des Oktobers dürfte ein Einspänner – vielleicht nur auf meine Rechnung, da ich sonst zu viele Mägen und Beutel unter einen Hut zu bringen hätte – bei Ihnen 6 oder 7 Eimer holen; auf Hefe, wünscht' ich, da es auf Bouteillen besser hält! – Leben Sie wohl, Geliebtester! –

9. Oktober 1802, An Emanuel, Meiningen

Ich werde vielleicht in 6, 8, 10, 12 Tagen meinen Einspänner nach 6,7, und so viel Eimern schicken als der Gaul akzeptiert, der hier freilich allein votiert. Aber ich bitte um Bier auf Hefen – und um ein Rezept seiner Behandlung.

18. Oktober 1802, An Emanuel, Meiningen

Anlangend das Bier: ists freilich betrübt, daß ich, seit ich Ihren Brief habe, mich jeden Tage auf Eine

Bout. heruntergesezt, um etwan zu langen bis zum 12t^{en} oder 13ten Nov., wo hoffentlich mein kraushaariger spashafter oft in Bayreuth gewesener und wohlfeiler Einspänner (für den Eimer von

Koburg ein Laubthaler) wieder retour sein kan. Ich bitt sie um scharfe Bestimmungen in dieser bedeutenden Sache. [...] Sonderbargesund bin ich (indes oder weil ich wenig zu Leuten komme), Dank dem b[ayreuther] B.<iere> und dessen Geber!

3. November, 1802 An Emanuel, Meiningen

An Ihrem Schabbes komt dieser Ein- und Ausspänner an, um an unserm fortzufahren. Höhn heißet er. Auflade-Geld legt er aus. Solt an den drei Fässern etwas fehlen, so kont' es in der Eile – vorgestern kam ich aus Koburg zurük – nicht gemacht werden, obwohl in Bayreuth, auf meine Kosten. Heute war aller Teufel auf dem Landeskirmes. Endlich wär' es Zeit zu meinem Bierconto, nicht zum Zahlen aber zum Machen. Ich ersuche Sie, wenns nöthig ist, um Bier-Konservazions-

Reglements; wiewohl das vorige sich gehalten bis künftigen Montag in der Güte, aber nicht in der Menge. Täglich nimts verflucht ab. [...] wollen Sie nicht ein Bout. Bischofessenz, die meiner noch nicht gesunden C[aroline] Johanniter Bier ist, mir kaufen.

3. November 1802, An Otto, Meiningen

... der Bücher wegen und weil Meinigen ein Dorf dagegen ist und ich Euch und dem Biere näher bin: so zieh' ich im April *entschieden* nach Coburg. Gute Nacht!

4. November, An Ahlefeldt 1802, Meiningen

Unser [des Ehepaar Richters] Kleeblat ist frisch und grün, besonders mein Blat; denn ich habe Bier, das dem guten Berlin samt einem Berge fehlet. Doch habt ihr Bierwasser oder Wasserbier in schöner Mannigfaltigkeit.

6. Dezember 1802, An Emanuel, Meiningen

Das Bier ist herlich eingeschlagen. Ich wolte gerade das Abendbier holen lassen als die Fässer kamen und ichs daraus erhob. Der Fuhrmann foderte

3. rtl. über die bedungene Fracht von Ihnen; aber ich schenkte sie ihm gern wegen seiner Klagen. Vermuthlich lud er noch andre Fracht.

[...] Adio, Guter! Noch einmal den Bier-Dank. Jetzt kan der Winter kommen, wie wohl doch der Schnee länger liegen bleiben wird als das Bier.

25. Dezember 1802, An Otto, Meiningen

Schuldig bist Du mir noch die Fragen über Liebmann und das Asthmatisierende des B[ayreuther] Biers. Dieses Schweigen ist nicht recht und gut, du müstest denn Höllenarbeiten auf dir haben.

26. Dezember 1802, An Emanuel, Meinigen

Vor mir ist mein schweigendes Ich entschuldigt; und eben darum weil ich kein Bier mehr zu begehren hatte, sondern nur dafür zu danken, hätt' ich mit geschrieben, wenn ich nicht auf den Ausgang der Krankheit meiner C. [...] hätte warten wollen. [...] Wo zahl ich Sie, hier oder in Coburg? In Coburg, das sah ich aus Hohenbaums Keller, hört Ihr Bier-Jammer auf, ich schöpfe aus der dortigen Quelle. Übrigens ist auch im größten Fasse wenig; z.B. das kleinere hatte 118 Krüge (an zwanzig erbärmlich kleine Glasbouteillen nicht gerechnet), 2 auf jeden Tag, oft drei – Geschenke hinten und vorn – und auf allen Seiten – natürlich hab ich heute (dividiren sie) noch 17. Dan kommt das zweite Fas. Aber wie gesagt in Coburg verlang ich nichts von Ihnen mehr als – Sie leibhaftig. Solte freilich vorher eine Fuhrgelegenheit – – aber davon künftig.

11. Februar 1803, An Emanuel, Meiningen

Ich wil ein wenig Ihrem Briefe antworten, den ich noch nicht gelesen, weil er vermuthlich erst aus Rudolstadt abgeht, wohin ihn meine C. mir nachgeschickt, indes ich gar nicht dahin dem Herzog nachgegangen – aus Furcht der Schlos-Feste und aus Sehnsucht nach Frau und Bayreuther Bier, dessen Mangel mich schon in Weimar krank gemacht [...]. In Weimar besonders in der Kälte fühlt' ich, was ich Ihrem Bier verdankte. Dieser harte Winter hätte aus den Narben, die mir sein harter 99ger, 80ger Bruder gegeben, die tiefsten Wunden gemacht – ich wäre bei Gott täglich in Ohnmacht gefallen – ich hätt' es gerade so viel schlimmer *heuer* gehabt, als ich es gerade besser hatte als je – wäre nicht Ihr Bier gewesen, meine Lethe, mein Paktolusflus (wiewohl er mir Gold mehr weg- als zuführt), mein Nil, meine vorletzte

Ölung, mein Weih-wasser und dergl. Kurz mit Freuden vernahm ich, daß sie schon wieder ein Fäslein – Gott gebe ein Fas – reisefertig haben. Es reise bald! – In Coburg brauch' ich nichts mehr.

[...]

Gute Nacht mein Alter! Nur gerade das Bier an Meusel, mit dem Anhang <Foderung> der Extrapost <Sorge>.

[...]

Noch 3 Wochen lang mit dem Bier nothdürftig.

6. März 1803, An Emanuel, Meiningen

Sehr erfreuet mich in Ihrem (künftigen) Schreiben die Nachricht des abgegangenen Biers; denn bei mir ists auch abgegangen, und ich noch nicht nach Coburg.

15. März 1803, An Emanuel, Meiningen

Gestern Mittags – als ich eben 2 Gläser von der *letzten* Flasche als Kur- und Esmittel trank (denn Nachmittags war ich längst <vor 8 Tagen> ans Bamberger zu starke Likörbier gebant und schlief darum schlechter) – und als ich eben die Röschlaubische Erregungstheorie und von den Inzitamenten las – kam für 4 elende rtl. Fracht Ihr Fas

Inzitamente an, für das ich ein Danaiden-Fas bin und das den Menschen, wie ich gleich Nachmittags sah, so sehr stärkt. Ich halt' es für das stärkste, was Sie mir gesandt. Ists Märzbier? – Gott segne Sie für ihre helfende Hand und biet' Ihnen stets seine. Einmal wil ich mich doch ernsthaft über meinen Trinkunfug vertheidigen. Nämlich: Von meinem 16. Jahr an trank ich bis ins 20te weder Bier noch Kaffee, nur zulezt diesen an Sontagen. Dan häufiger, aber stets für den Kopf. Erst im 30 nahm ich als Heilmittel Bier ein, um nicht im Kaffee zu ersaufen; und 8 Jahre später Wein. Ich kenne keinen Gaumen-, nur Gehirnkizel; und steigt mir eine Sache nicht in den Kopf, so sol sie auch nicht in die Blase. »Kontest du nicht so viele und so trefliche Werke in *längerer* Zeit bei *kleinerer* Anspannung geben« sagt die Welt. Nein, Welt! Die Kunst fodert Intension der Anstrengung, nicht Extension; der freilich, aber auf meine Kosten, die Abspannung folgt. Aber mit blossem natürl[ichem] Feuer ohne äußeres sind gewisse Kalzinier-Effekte gar nicht zu machen; Glas wil ein anderes Feuer als etwa Braten. »So must du aber täglich die Inzitamente steigern?« Freilich, aber es kostet blos verflucht Geld, nicht einmal die Gesundheit, denn *almählige* Zunahme der Reizmittel schadet so wenig als ein heißes Land den Einwohnern. »Du bist abhängig, Guter! Must durchaus imer nach Süden.« Im Winter bin ich auch vom Ofen abhängig und im Leben von allem Satan. Übrigens darf ich, da ich doch das Beste und Möglichste in meinem Dasein schon gethan, nämlich 25 Bände schon gemacht habe, nun mit dem Reste des Lebens und Schreibens nicht mehr so scheu umspringen als mit dem Anfang.

Nur eine Schwelgerei hab' ich, die daß ich immer in der hohen Fluth aller Kräfte schwimmen wil; und mit Büchern und Menschen füllt' ich sehnsüchtig die Ebbe aus.

Was Trunkenheit ist – die nämlich den Geist lähmt, anstat beflügelt – denn etwas anderes und besseres ist, wenn ein Man abends blos im Zikzak heimgehen mus – kenn' ich nicht.

[...] Ihr lezter Brief gefiel mir sehr; es ist aber wie mit dem Bier; das lezte Fas hat den meisten Geist, denkt man.

5. April 1803, An Jacobi, Meiningen

Die Winter fürcht' ich um deinetwegen; ich selber blühe in jeder Jahreszeit, weil ich mich mit dem Bier begieße, das deiner Rinde und deinem Marke eben so wohl thäte, wenn du fränkisches so weit haben köntest. –

6. April 1803, An Emanuel, Meiningen

Das Bier ließ ich gegen alle Regel sogleich und mit der Hefe füllen; denn ohne diese brauset nichts. Himmel, wie es schäumt!

26. April 1803, An Emanuel, Meiningen

Meinem Bier zufolge dürft' ich etwan in 10 oder 12 Tagen abgehen nach Coburg. Der ganze Mai wird köstlich, der Juny vermischt, July schlecht, August und Sept. schön. Weiter reicht kein Blick. – In Coburg ist herliches Coburger Bier.

11. Mai 1803, An Karoline Herder, Meiningen

Von hier weis ich nichts zu sagen als daß wir alle blühen – besonders ich – und daß ich Ende dieser Woche mein Dintenfas in Coburg aufstelle. Der Herzog, den ich so bewegt verlasse als wär' es mein Jugendfreund, bot mir Frei-Quartier, die Bezahlung der Bierfrachten und die Anschaffung beliebiger Bücher an, um mich als ein kostbares Medaillion an seinem Halse fortzubehalten. Aber er kan mich nur dankbarer, nicht irre machen.

13. Mai 1803, An Herzog Georg von Meiningen

Hier leg' ich Ihnen eine Biersupplik zu Füßen und in die Hände. Da wie das Wasser draußen stieg, mein Bier im Keller fiel; da alles eingetroknet ist, ausser mein[em] Dintenfas; da ich Bierfisch in das Bambergische Fischwaser geworfen worden; da ich gestern Ihre Kraftbrühe und Goldtinktur gekostet: so ect. Bitte, daß ich so viel Krüge als Sie erlauben leer nach diesem Valet – und Genadenbier ins Schlos schicken dürfe – Kehraustrank.

10. Juni 1803, An Emanuel, Coburg

Den 4ten trank ich wieder nach längster Entbehrung Bayreuther Bier, d.h. ich kam hier an und genos außer der Gegend zuerst Sie, ihre Liebe und Vorsorge. [...] Haben Sie meinen Dank! Im Wirrwarr des Einzugs, der noch keine Trank-Wahl zulies, war es ein köstliches Geschenk. [...] Ich wil dasmal wider meine Sitte den Brief abkürzen, damit Sie nur begreifen, warum man auf Ihren und ihr Fas so lange geschwiegen.

10. Juli 1803, An Gottlieb Richter, Bayreuth

Lieber Bruder, seit vorgestern bin ich mit Frau und Kind hier. Am Dienstag wil ich mit beiden bei dir Mittags sein und Abends wieder hier. Vielleicht komt Emanuel mit. Aber ich bitte dich sehr, jeden Aufwand mit Essen zu meiden, da er für mich und Caroline durchaus nicht ist und da die Eszurüstungen uns die Paar Stunden verkürzen, die wir einander zu geben haben. Nur für gutes Bier sorge.

7. August 1803, An Emanuel, Coburg

Das Berlinische [Geld] sollen Sie hier wiederbekommen, weil ich entweder Postgeld oder Gefahr fürchten mus; die Zinsen, die Sie mir bis zur Zession schulden, können an der Bierrechnung abgezogen werden.

14. September 1803, An Emanuel, Coburg

Bier, Bier, Bier, wie es auch komme! Ich kan jetzt nicht Ihren Brief verbriefen und antworten.

24. September 1803, An Emanuel, Coburg

Nur flüchtig! Der Überbringer dieses wil mir das Bier überbringen. Das Ausmachen mögen Sie mit ihm ausmachen. Gute Nacht! Eiligst!

29. September 1803, *Thierot* (und Jean Paul) an Emanuel, Coburg

Das Bier war wohl das köstlichste was je nach Meiningen gekommen; für ein weiches Herz war es ordentlich ein Kordial, das erste Glas trinken und den ... Geber – nicht den Brauer – segnen zu hören. *Ich trank meinen Theil. Ich sehne mich ordentlich nach Bayreuth an die Quelle. – Überhaupt war ich diese Zeit über innerlich nur auf Urlaub, und noch bei Dir zu Hause und so will ichs immer bleiben – Sonst war es wohl eine schöne Zeit an einem schönen Ort, was ich hier verlebte.* Zwanzig Bazen Tranksteuer kostet ein fremder Eimer Einfuhr; und treibt das nicht aus Koburg nach Bayreuth: *so vermögen es doch andere Dinge, die hier zu setzen der Ort vielleicht wäre. Gott gebe, daß Ihr aus diesem Brief klug werdet oder der Brief es aus Euch.*

P.S: Richter scheint sehr froh über das Bier und fast zufrieden damit.

5. November 1803, An Otto, Coburg

Dasmal schreib' ich aus Eigennuz. Ich erfahre eben, daß verdamt viel Fuhrleute hin und her fahren zwischen C[oburg] und B[ayreuth] und daß ich gestern die Gelegenheit versäumt. Woltest du denn nicht – da du, wie sol ich sagen, leichter als Emanuel Leute, Patroullen [!] und Militairs bildlich zu reden, um dich hast, welche oft mit Fuhrleuten sogar trinken – jene zur Ausforschung dieser aussenden, indes unser Emanuel weiter nichts thut als daß er mir einen Eimer von welchem Biere er wil bestelt und schikt? Jezt sollen seine Fässer schon besser zurük. Grüße ihn sehr und sag' ihm meine Bitten und die Gesundheit unserer aller...

5. November 1803 An Emanuel, Coburg

In den Wechsel sah ich mit Lust. Sobald Cotta mir in diesem Monat Geld schikt, bekommen Sie Ihre Wechsel rata gegen Zinsen v. 1. Okt.

zurük; und auch – gegen Rechnung – das Bier-Schmerzensgeld. [...] Ich sehe sehr auf Antwort auf – und auf Fässer. Schon seit 5 Jahren wünsch' ich mir zu wissen, was ein leidlicher Rausch ist, aber stets fehlt mir Stof und Muth.

21. November 1803, An Emanuel, Coburg

... Zeit fehlt. Auch Bier, das mir doch Gott für den Winter zufahre. Im Frühling bin ich mit der hiesigen flüssigen Gegenwart zufrieden.

2. Dezember 1803, An Emanuel, Coburg

Spas- und Geldvögelgen! Hier ist der Wechsel; zu 100 fl rh. ist der Bier-Jammer gerechnet (was zuviel ist, trink' ich nach). Warlich, aus mir ist leichter Geld zu quetschen als aus Ihnen Rechnung. Am Ende glaub' ich fast, es stekt hinter Ihren Satiren auf mein Bier-Borgen gar einiger Ernst. Sie lachen vielleicht und sagen: was denn sonst? – Die Redukzion der Geldsorten hat mich Stunden gekostet. [...] – Ihr Bier erquikt mich wieder; doch war das Fas eine lange Hand tief (um 15 Krüge) leer. Ich trinke gemeiniglich 3 Minuten nach dem Abladen davon und fahre fort. [...] Mit dem Biere bin ich vollständig kontentiert, ich meine die Qualität [...] Auch hier sei mein *Ehrenwort* – und liesen Sie mich verdursten – das ich nicht eher Ihnen wieder schreibe als bis ich die Bierrechnung – deductis deducendis – habe.

17. Dezember 1803 An Otto, Coburg

Man stelt hier einen Braumeister aus dem Bayreuthschen an, wohin er eben gegangen ist nach Hefe.

27. Dezember 1803, An Emanuel, Coburg

Glauben Sie nur nicht, daß ich sonderlich froh hier bin oder vergnügt oder zufrieden oder sonst etwas: sondern ich habe mein Bier......

[...] Ein Fäsgen an Sie nahm der Fuhrmann des letztern ohne mein Wissen mit.

9. Januar 1804, An Emanuel, Coburg

Blos ein Neues Jahr, kein Wort mehr aus Zeit-Mangel! Nächstens mehr, aber in einem Briefe, wo ich gewis kein Wort von Bier sage, das da ich vielleicht noch 16 Flaschen habe, bis dahin langen wird; denn ich trank täglich nur 1 zu Einer fremden. Adio!

17. Januar 1804, An Emanuel, Coburg

Eiligst solt' ich gar nicht mehr über meine Briefe sezen, sonden nur *langsam*, wenn gerade der Fal wäre. Heute aber werd' ich durch Ihre harte Beschuldigung besonders getrieben, daß ich nämlich nicht genug für die Fortschaffung des Bieres sorgte. Wie ich für diese arbeite, wenn ichs habe, bezeuge die Pfartochter und die leeren Fäser. Deren Fortschaffung anlangend, so lief ich heute wieder aufs Land. Sie sind schon in Gauerstadt (Haben Sie denn das bekommen, wozu meine C. keinen Frachtbrief geschrieben?) Und was die Fort- und Herschaffung voller betrift: so schreib' ich heute Ihnen, weil ich in dieser Woche einen Einspänner oder doch einen Schubkärner nach B[ayreuth] senden wil, damit [ich] für das kalte harte Monat (Februar, bei den Römer hies er der Todtenmonat) etwas habe vor dem Zuwintern. Es koste was es wil. Ich nehme auch zerlei Bier von Ihnen an – recht gern – Ich bitte Sie, vergeben und geben Sie. »So kans nicht bleiben« sagte das politische Journal von Jahr zu Jahr; und wirklich bleibt nichts so. [...] Noch einmal aufs Bier zu kommen, so mus ich hier die verfluchte Tranksteuer 2mal zahlen, 1) wenns in mich einpassiert, 2) aus. Den 1ten dies. wurd' ich um 1 rtl. gestraft – 10 gr. Protokol zahlt' ich durchaus nicht – weil ich vor dem Hause des Polizeidirektors Ortlof (meines gelehrten Freundes, von dem ich eben herauskam) Nachts um 8 Uhr mit der Blend-Laterne in der Hand hinter oder vor 2 Jungfern (diese zeigten es der Polizei an) mein weniges Wasser abgeschlagen hatte, was mir vom B[ayreuther] übrig geblieben war. Wörtlich ists wahr mit dieser Pissteuer. Adio, Alter!

19. Januar 1804, An Emanuel, Coburg

Mein lieber Hiob! wenn Sie nämlich auch dessen Geduld haben. Ich schreibe diesen Brief voraus, weil ich nicht weis, ob ich einen Schub- oder einen Pferde-Kärner bekomme. Wär' es lezterer, was ich im Postscript erst sagen kan: so bitt' ich Sie, kein Geld zu schonen – auch mir Aufladegebühr ect. anzuschreiben –, ja ihn auf meine Kosten lieber 1 Tag warten zu lassen, um ihn ganz zu beladen. Johann[iter], Bayr[euther], Brand[enburger], alles ist mir zu 1, zu 2, zu 3 recht. Nur wünscht ich an die Fässer, die sogleich abgezogen werden müssen, ein kleines Zeichen.

21. Januar 1804, An Emanuel, Coburg

Es ist meine Pflicht, Sie nicht lange in vergeblicher Mühe oder Sorge zu lassen, sondern Sie zu benachrichtigen, daß ich erstlich nicht recht einen Einspänner kriegen konte und zweitens wahrscheinlich noch schwerer dessen Her-Fracht und drittens auch keinen Schubkärner von mehr als 1 Eimer. Ich warte daher – eh' ich leztern mit einem Ziehschlitlein sende – bis einiger Schnee zu lezterem da ist, um so mehr, da das Kretschm[ansche] Bier in Rücksicht der Stärke treflich ist, die mir freilich nie den Geschmak ersezt. Doch bleibt Ihnen unverwehrt, mir so viele Keller zuzuschicken als Sie zufällig Fuhr-Räder dazu finden, oder so viele aufzuheben als Sie schon angeschaft. Vergeben Sie mir die Noth, in die ich Sie etwa solte gesezt haben durch meine. Adio, Lieber!

N.S: Wie die Ministerin meiner Frau sagte, sol der Minister über meinen Wasser-Fal sehr erstaunt und in sich gegangen sein. Blos die Doppel-Sünde – wenn nämlich jemand auf der Straße auf beiden Seiten sündigt – ich weis die Sache nicht recht delikat auszudrücken – kurz wenn ein Mensch dabei nicht steht – das wäre seine Gesezes-Meinung, erklärt er jezt das Gesez. Und es kan also sein, daß ich den Koburgern wenigstens auf der Seit durch die meinige, mehr Pres-Freiheit erworben hätte – oder mir gar den Thaler zurük. Indes sind das doch Sachen, welche erst durch die Zeit ins Reine und aufs Trokne gebracht sen wollen.

23. Januar 1804, An Emanuel, Coburg

Stört mich eben zu meiner Freude mitten im Arbeiten Andreas Weber von hier, der häufig von C[oburg] nach B[ayreuth] fährt und bittet um Fracht. Die sol er haben, wenn Sie wollen. Er bringt 2 leere Fässer mit. 2 fl. rh. zahl' ich ihm für 1 Eimer. Was abgezogen werden mus sogleich, wünsch' ich bezeichnet, oder auch das, was nicht. – Jezt wird wohl eine Zeitlang mir ein Brief-Artikel ausgehen, solange mir ein Keller-Artikel nicht ausgeht. Sie haben gewis keinen Korrespondenten, der häufiger für Sie das Fas – das im Schreibzeug – ausleert.

18. Februar 1804, An Emanuel, Coburg

Das Bier ist also treflich; die 2 Fässergen und 1 Mutterfas sind, dieses auf Bouteillen, jene sonst abgezogen (Spazier spricht in seiner öffentlichen Kritik meines Kupferstichs etwas von poetischer Trunkenheit des Auges. Wahr genug! Denn ich lasse sie mir auf der Achse durch Fuhrman Weber und andere kommen, laut Rechnung). 6 fl. 56 3/4 kr. Accis- und Tranksteuer für 4 3/8 Eimer (so misset man hier) wurden mir (um so mehr, da man wegen der Konferenz alles Geld einkassiert) höflich abgefodert.

[...] »Bier nach Wein, das lasse sein« sang stets der Poet Albrecht Otto in Hof nach lezterem; und doch ist Ihr ersteres so gut, daß ich gegen den Sang sündige oft.

2. Mai 1804, An Emanuel, Coburg

Vergeben Sie mein Schweigen, das nicht einmal heute aufhört. Ich warte ewig auf einen Bierfährmann. Otto wird Ihnen aus meinem Brief einige Bitten zeigen.

8. Mai 1804, An Emanuel, Coburg

Ohne Sie und Otto bliebe mir Bayreuth trotz Bier und Gegend unaushaltbar; und so sehr mich mein Herz immer wieder ins Vaterland zurückzieht, so mein' ich doch mehr das poetisch vorgemalte als das wirkliche im Dreck dastehende.

[...] Eben jezt trank ich den *allerletzten* Tropfen bayreuther Bier aus. Der Fuhrmann wird (das gebe Gott und Sie) einige Krüge <3,4,5, ect. ect.> Trost mit in die Kutsche zurück nehmen, damit ich mich so lange damit decke, bis er einen vollen 2 1/2 Eimer Ende dieser Woche oder Anfangs der andern mir zugebracht. Die leeren Fässer bringt er dann Ihnen bis auf ein mir gestohlnes kleines. Ich werde Ihnen eimal länger erklären, wie ich mich und den kleinen Vorrath bis daher <einen Winter durch> gefristet habe.

[...] Meine Frau wollt' an Amöne schreiben, thuts aber wahrscheinlich mit der Bier-Post.

26. Mai 1804, An Otto, Coburg

Das Bier liege bis ich komme; es müßte denn ein schönster Zufall es holen. – Über die *Flegeljahre* sage ein helles Wort – Über die Fäßer bin ich so unschuldig, oder der Teufel soll mich holen und Gott strafen; sag es Emanuel.

4. Juni 1804, An Emanuel, Coburg

Das Quartier ist nach dem Bier Ihre lezte Plage und Sorge; man sagt auch ein Quartier Bier; ich: ein Bier-Quartier. [...] Daß ich keinen Spitzbuben -Fuhrmann für die Fässer auftrieb, ungeachtet alles fremden Versprechens und eignen Schickens, sehen Sie ja daraus, daß ich auch keinen für das Bier auffand – – Aber bin ich nur erst einmal in Bayreuth: so sol ein ganz andres Mäßigkeits-System anfangen. Himmel, wie werd' ich trinken, und doch mäßig! [...] – Ich arbeite jetzt wie ein Vieh nämlich insofern der arme Körper doch auch mit an meiner Ästhetik helfen und schreiben muß, indem er dabei seine Schreibfinger und seinen Hintern und selber seinen Schlund hergeben muß, sogar seine Paar Füße, um den Geist jeden Morgen auf den Adamiberg zu tragen, wo solcher tief sinnt und ausarbeitet und den Leib als einen gemeinen Lakaien, unter seinen höhern Begeisterungen zum Bier und Weine fortgehen lässet.

21. Juni 1804, An Emanuel, Coburg

Das Bier hier hat sich ansehnlich verbessert – oder mein Geschmack sich verschlimmert – und triebe mich also nicht davon. [...] Für die fünf erhaltnen Krüge hab ich noch gar nicht gedankt – Wie mach' ichs mit dem Wechsel? Send' ich Ihnen das Geld? oder kann ich hier für Sie bezahlen?

21. Juli 1804, An Emanuel, Coburg

Lieber Alter! Nun ist denn alles ins Reine. Der Himmel gebe nur, daß wir Ihnen in Bayreuth nichts mehr zu machen brauchen als Vergnügen und sehr wenig Plage. Unsere Abreise wird in der 2ten Woche des Augusts (den Datum erhalten Sie noch) einfallen, weil der drohende Regen kommen und seinen Festungsgraben um uns ziehen wird. Ich wollte, mir würde von der ehrsamen Bierbräumeisterei ein Deputatus mit einem Schleifkännchen entgegengeschickt auf halbem Weg um mich zu empfangen, so lechz' ich.

11. September 1805, An Emanuel, Bayreuth

Guten Morgen, lieber Sakgeber für den Sakträger! Der Bier-Jammer will wie es scheint, Sie wieder von neuem verfolgen. Es ist nämlich die eine Bräuerei meiner alten Bierwirthin gesäuert und die andre Gott weiß womit geschwefelt, so daß ich davon den größten Schwindel jeden Morgen habe, was am Ende ernsthafte Folgen haben könnte, wenn das nicht schon eine ist. Ich bitte also durch Sie unsern freundlichen Uhlefelder, mich bei dem Weber zu insinuieren daß er mich zum ewigen Kunden annimmt und ihm dafür zu bürgen, daß ich den größern Preis der Polizei nie verrathe.

24. Okt 1806, An Emanuel, Bayreuth

Guten Morgen! Heute ist der große Abziehungs-Tag, der das letzte alte Bier der Stadt in meine Keller bringt. Haben Sie ein Paar Dutzend Krüge leer; so bitt' ich Sie, solche vom Zinngießer mit füllen zu lassen, womit sie wahrscheinlich nur so lange ausreichen als ich mit meinem wenigen.

5. März 1807, An den Präsidenten Schuckmann in Bayreuth, Bayreuth

»Bin ich ein kontributionsfähiger Kapitalist?« [...] Als Fremder – der hier nur Geld verzehrt und auswärts erwirbt – und der Bayreuth nichts verdankt als Gegend, Bier und Langeweile – frag' ich erstlich, ob ich den Rabat meiner *unbedeutenden* Gelder zu zahlen schuldig bin, besonders da ich erst einige Jahre hier bin, und also nach dem Landrecht nicht einmal Nachsteuer als Auslaßgeld zu entrichten hätte... [...] Wenn nur der Ort entscheidet, wo man das Dintenfaß hatte, und das Bier- und Weinfaß – mehrere Fässer verlangt kein Diogenes vom Bayreuther Sinope –, und wo man z.B. in 1 Jahre 2,000 fl. erschrieb und 1,5000 verzehrte und 500 auslieh: ist dann mehr zu entrichten als für diesen Überschuß?

13. Nov 1809, An Emanuel, Bayreuth

Sie geben mir noch einen schönen Abend, nicht durch das Bier, sondern durch das Erinnern desselben und durch die Nachricht von Otto

15. Nov 1809, An Emanuel, Bayreuth

Guten Tag, mein Emanuel! Hier send ich vier Krüge, die ich jedoch zur Hälfte nicht in mich ausgeleert, sondern in andere Flaschen. Aber mach' ich nicht zu viele Plage? – Wenigstens bitt' ich Sie, mir irgend eine Ihnen beliebige Stunde zu sagen, wo ich das Bier von Ihnen holen lasse. – Vielleicht komm' ich morgen Abends ein wenig zu Ihnen.

5. Dezember 1809, An Emanuel, Bayreuth

Hier, lieber Emanuel, einen Brief, obwol an meine Frau, doch auch an Sie. Solche thatsachenreiche Briefe sind eigentlich die rechten, zumal seltene; man ist ordentlich wieder beisammen. Sie werden Ende dieses Blättchens ohne Postgeld in Meiningen sein. Meine Rechnung an Bier und Biergläsern? – So geben uns die Chinesen chinesische Theetassen und Thee.

22. Dezember 1809, An Emanuel, Bayreuth

Das Bier macht mich noch schwanken – in der Wahl nämlich.

26. August 1810, An Emanuel, Bamberg
4 1/2 Uhr

Nichts ist für mich einheimischer als im Gasthofe nichts früher – ein paar Gläser ausgenommen – zu nehmen als die Feder. Ott weiß dies. So sitz' ich hier im Goldenen Adler trefflich angekommen und angenommen. Vom hiesigen Felsenkeller-Bier will ich zwar nicht lange reden – denn trinkt man eben so lange davon, so kann man über gar nichts mehr reden; und darein setzt es eben seine Tugend, gleich der höchsten Entzückung nur stammeln zu lassen – aber wohl von hiesigen Lohn-Lakaien.

61/2 Uhr

Himmel! Welch ein Bier! Kaum eine Maß hab' ich getrunken.

10. November 1810, An Oertel, Byreuth

Ich wollte, ich hätte dir, mein unvergeßlicher Alter und also ewig Junger, die schönsten Sachen zu schreiben, zum Beispiel von einem beglückten, also nicht septembrisierenden November – von offenen Herzen und Läden – von einer kurzen Sperre, die durch den Sphinkter nicht über 2 oder 3 Reiche (?) hinausgehe – von erfüllten Träumen (aber nicht bösen) – kurz von nur einem, der genug behält – –

Aber dies ist eben bei mir nicht der Fall; ich habe Regensburger *altes* Märzbier, ungefähr zwei Eimer nöthig für meinen elenden Magen, der immer [?] hinauf herrscht (auf Herz und Hirn), weil der Bauch-Sack glaubt, er werde etwas, wenn er seine zwei Obern plagt und bestimmt.

d. 13. Nov.

Ich habe am 10 [ten] schnell und wild hingeschrieben .... Lasse das Bier durch einen Untergeordneten deines Abgeordneten besorgen, damit du keine andere Mühe hast als Dank und Geld zu empfangen und mir einen sehr artigen Brief zu schreiben.

23. November 1810, An Otto, Bayreuth

Guten Tag, Lieber! Der Teufel läßt jetzt alle Hunde auf mich los. – Ich begehrte von Oertel Regensburger Bier, weil mir Werner es so lobte und ich mir Wein ersparen wollte. – Hier mein

Brief an Oertel, aber der morgende soll anders klingen. –

[Der von Jean Paul angekündigte Brief ist leider ebensowenig erhalten, wie die Antwort Oertels, in der dieser dem Dichter wahrscheinlich seine Trinkexzesse vorwirft. Am 25. November jedenfalls schreibt Jean Paul an Oertel: »Kein Mann in Deutschland, weder ein berühmter noch feindseliger, hätte gewagt, mir den Brief zu schreiben, den ich leider beantworte. Wer mir irgendwo Herz- und Sinnlosigkeit vorwirft, begeht sie blos selber…«

Danach glätteten sich wohl aber die Wogen – schon am 22. Dezember heißt es: »Es sei vergeben und vergessen!«]

5. Januar 1811, An Oertel, Bayreuth

Drillings-Sendung – Wäre der Reichstag so stark und so geistig gewesen wie das Bier daselbst: Er wäre jetzt ein Reichsjahr und beherrschte die jetzigen Herrscher – trinks als Wein-Vikarius – Aber beim Himmel und beim Henker! sonach verlang' ich ja immer etwas von dir. Bier oder Adressen oder alles. Letzteres – aber das Böse davon ausgeschieden – wünscht' ich wol, daß es dir das neue Jahr gäbe. Indes befestige dich in dir selber, so brauchst du nichts von oben sondern erträgst leicht das »Von oben herab«. – Ein Paar Eimer Arzenei.

8. März 1811, An Oertel, Bayreuth

[Anfang nicht erhalten] .. für das Heldenbier, das blos den Fehler hat, daß man dabei kein Heldengedicht machen könnte. Seine Stärke macht es blos zur Würze, nicht zum Gericht.

20. März 1811, An Emanuel, Bayreuth

Guten Morgen, lieber Emanuel! Hier mit Dank Ihr Kellermeister, der sich durch beifolgende Bierprobe zu empfehlen wünscht, welche er gestern auch an Otto ablaufen ließ.

24. April 1811, An Emanuel, Bayreuth

Guten Morgen und segnende Jahre für die neue Wohnung, Guter! Damit die Kräfte, die Sie heute verschwenden müssen, wenigstens ein wenig ersetzt werden, schick' ich Ihnen 2 Regensburger Tropfen.

11. Mai 1811, An Kammerrath Miedel, Bayreuth

Ihrem dreifachen Geschenk von Garten, Obst und Wein ist kein Gegengeschenk gegenüber zu machen; aber doch die Frage zu thun, ob Ihnen Regensburger Bier schmeckt, das vielleicht bei unbestimmter Unpäßlichkeit nützt? Hätte der Regensburger Reichstag so viel Geist gehabt, es wäre eben das nicht geschehen – was nur bei Getränken ist – daß der Reichs-Körper, worein er gefüllet war, zersprengt worden wäre.

6. Juni 1811, An Emanuel, Erlangen

Die Stadt selber ist eine der glänzensten, denn sie besteht aus Einer Hauptstraße und einer Querstraße, die als ein Kreuzesbalken jene durchschneidet; neben beiden sind zum Überfluß noch kurze Sackgäßlein angebracht. Frage nur *Otto*. Die allein (der Mangel an Gesellschafts-Menschen, nicht an Gelehrten) würde mich zwar von einem Einzuge hieher abschrecken, zu welchem man mich bereden will. Das einzige paradiesische, himmlische ist das, was eine halbe Stunde vor Erlangen aufhört – der Weg durch das Bambergische. – Ordentlich mit Sehnsucht werd' ich an meine vertraulichen Stunden mit meinem

2-Stuben, im Winter zurück denken. – Die Malzen will ich noch sehen – Auf einen Tag geh ich vielleicht nach Nürnberg. – Das Bier ist so gut, daß ich ungeachtet des mehren Trinkens doch nie am Morgen etwas spürte; Rosaglio hab ich mir, da ich weniger zu arbeiten habe, im Ganzen abgewöhnt; selten ein Spitzgläschen.

11. Juni 1811, An Emanuel, Erlangen

Das Volk hier ist freudselig, frohsinnig und gebildet. Am Kirchweihfeste, das zum ersten mal das Lagerbier über sie ausgießt, gab es doch, so weit es auch in die Nacht hinein währte, keine Lager-Bürger, die entweder der Krug oder ein Prügel hinein gebettet hätte.

14. Juni 1811, An Karoline, Erlangen

Mittags trink' ich zum vielen Essen 1/2 Bouteille Wein; das zweit Viertel hebt mir Toussaint auf. Entweder dieser Wein oder das trefliche Bier (hier trink ich noch einmal so viel als in Bayreuth) oder die Lust oder der ungemein seltene Rosaglio-Trank oder das wenige Arbeiten oder alles zusammen macht mich so gesund wie ich seit langem nicht war; Nachts keinen Wasserdurst, am

Morgen keine Düsterheit, kein Zittern, Erbrechen ohnehin nicht. [...]

»Hier, sagt sie, sei Logis und alles 1/3 wohlfeiler; keine Assenbléen-Jägerei wie in Bayreuth; heute kommt eins, morgen eins, man sei halt auf dem Lande«. In der That fand ich sie im Garten mit 3 Damen, wozu nachher ein Franzose kam; Kein Gebackenes – ein paar Früchte – mir Bier.

18. Juni 1811, An Karoline, Erlangen

Voriges schrieb ich nach 7 Uhr; denn obgleich ich gestern bei Amon Rack, Thee, dann Bier, dann fast 1 Bouteille Wein getrunken und um 12 1/2 Uhr zu Bette gegangen: war ich doch am Morgen gesund und zum Briefeschreiben frisch.

2. (?) August 1811, An Dr. Bredel in Erlangen, Bayreuth

Ich komme mit allerlei, wenigstens dreierlei Bitten zu Ihnen. Die erste (Ihnen schon in Erlangen ins Ohr gesagte) thu' [ich] um meine Rechnung für das Valet-Nachtmahl bei Toussaint, dem bei seiner Wärme nichts zu wünschen gewesen wäre als die Länge einer kalten Thomas Nacht. Die zweite betrift ihr Klub-Bier; Klub-Leim hätt' ich geschrieben wäre Erlangen Bayreuth. Ob ich gleich der Kunst, dort stets fröhlich gewesen und geworden zu sein, die eine Hälfte der Heilkräfte meines Körpers verdanke, der zwar nie ein Krankenbette, aber doch eine Krankenviertelstunde kennt: so gehört doch die andere Hälfte, welche sogar alle Krankenminuten wegstrich, dem Doppelbiere des Klubs an. Daher wünscht' ich 1 oder 2 Eimer davon hier in meinem Keller [zu] haben, wenn das Wetter, der Klub und Sie, oder Mehmel oder Toussaint (denn ich weiß nicht, wem unter Ihnen dreien ich mit der Bitte am wenigsten beschwerlich falle) es erlauben wollen. Jeder Geld-Preis, um welchen ich meinen Erlanger Leib wieder erstehe oder aufwecke ist mir gleichgültig (und diese geschwärzte Charte sei eine Charte blanche).

20. August 1811, An Graf Rottenhan, Bayreuth

– Der Magen ist der Dünger des Kopfes –

[Der Graf hatte im Auftrage seines erkrankten Hofmeisters mitgeteilt, das verlangte Clubbier könne abgehen, müsse aber gleich nach der Ankunft in Krüge abgefüllt werden; Jean Paul solle daher umgehend schreiben, ob er genügend Krüge habe].

11. März 1811

Guten Morgen, Alter! Gestern bekam ich unerwartet ein Faß Regenspurger Bier geschickt. Wie viel sind wol 27 [??] ungefähr Maaß? – Schicke mir doch morgen, wenn abgezogen wird, 6 Krüge zum Füllen für Dich.

15. März 1812, An Oertel, Bayreuth

[Anfang nicht erhalten] ... wußte, daß die 217 Pfund Bier von deinen Händen eingeschenkt und geschenkt waren. Das Faß kam so voll an als nur einer werden kann, der daraus anders trinkt als ich, und hat so viel Geist, daß er leicht den eigenen bannen könnte. Daher darf ich nicht wie ein Preßbyterianer auf diesem Fasse predigen sondern ich will es theils zur Arzenei für mich theils für andere verwenden und so als ein großer Wohlthäter allen denen erscheinen, die du durch mich beschenkst.

10. Mai 1812, An Professor Schweigger in Nürnberg, Bayreuth

Aber eine Kardinalfrage – und ihre Antwort darauf ist eine Kardinaltugend – ist, ob Doppel-

Bier zu finden ist; fehlte dieser Bier-Dualismus: so müßt' ich vorher mir Messias, der mit Feuer tauft, den Johannes Vorläufer und Täufer, nämlich ein Erlanger Faß voraus schicken, das mich fleißig tauft...

20. Mai 1812, An Schrag in Nürnberg, Bayreuth

Gibt es in Nürnberg Erlanger Doppelbier? Oder hat wenigstens der Nürnberger eben soviel Hopfen? Diese Frage thut mein verwöhnter Magen.

16. November 1812, An Otto, Bayreuth

Recht bald seh' ich dich; oder noch besser du mich. – Hast du noch altes Bier? Sonst bring ich meines mit.

Dezember (?) 1812, An Otto, Bayreuth

Ich danke dir herzlich für den Wein; aber du weißt, daß ich abends – zumal jetzt bei der Vergiftung durch Neubier – nicht zum Weine tauge. Er wird zehnmal besser benutzt, wenn du ihn in die Schreibdinte gießtest. Mich ärgert oft ordentlich, daß so vieler kostbarer Wein in Europa ohne Feder in der Hand vertrunken wird.

22. (?) Juli 1813, An Assesor Braun, Bayreuth (über einen Injurienprozeß, den eine Magd gegen Jean Paul anstrengte)

Übrigens werd' ich in dieser Sache aus Zeitmangel und aus Verachtung der Injuriendrohung nichts weiter mehr schreiben als wozu mich die Gerichte nöthigen; sonst aber die ganze Erbärmlichkeit vergessen; denn das Beste ist doch fort, nämlich über 100 ausgesuchte Bier- und Weinkörke, der Flaschen und des Inhalts nicht einmal zu gedenken.

17. Juli 1814, An Emanuel, Bayreuth

Die Pferde wären mir um 3 1/2 Uhr am liebsten, damit ich ohne Bart und nicht zu früh zum Bier, ankäme.

31. August 1816, An Karoline, Regensburg

– Ist das vorälteste Bier zuende, was ich wünsche: so lasse nur abziehen. – Wir werden, Geliebte, wieder schöne Tage verleben.

18. Juli 1817, An Karoline, Heidelberg

Sehr theuer ist es hier. Die erste Woche zahlt' ich im Gasthofe 22 fl.; aber ein Misverständnis des Kellners war die Mitursache; für einen Schoppen Wein zu 48 Kreuzer hielt ich eine Flasche, die eben 2 Schoppen ist; ferner den Tischwein für darein gegeben wie bei uns das Bier, der jedoch 20 kr. kostete. In Würzburg zahlt' ich für 1 Abend-, 1 Mittagessen und 2 Frühstücke (den mäßigen Kutscher eingerechnet) 8fl. – Der Krug Bier kostet 12 kr., ein Mittagesen 40 kr.

den 19ten

Trinke erstlich recht viel Bier aus und ziehe neues ab, sobald Rehreni gutes hat.

1817/18 (?), An Otto, Bayreuth

Du hast vor der Emma die Abende bei der Rollwenzel so gelobt. Kommen wieder lichtere Abende, sogar mit Mondsicheln, so wollen wir miteinander zum Bier und Eierkuchen hinaus und die getödtete Freude wieder verklärt auferwecken.

18. Juni 1818, An Karoline, Heidelberg

Lege jetzo Bier ein; nur müßt ihr das zu alte und starke vorher wegtrinken.

16. Juni 1818, An Karoline, Stuttgart

Lasse jetzo an 50 Maß Bier abziehen und gieß in das Weinfaß eine Flasche *guten* Wein nach.

16. Juni 1819, An Karoline, Stuttgart

Bekannt und geliebt bin ich hier hinlänglich und in jeder Gassen-Ecke seh' ich den Rücken eines Verehers stehen. Nur müßt' es am Ende auch dem eitelsten Narren lästig fallen, daß er an einem öffentlichen Platze (z.B. in einem Gartenkonzert) nicht herum gehen kann – um etwa einige weibliche Gesichter anzusehen, oder die Gartenpartien – ohne hinten und vorne und seitwärts von 100 Augen verfolgt; oder wenn er gar ins Sprechen kommt und sagt: »Ihr Diener« oder »eine Flasche Doppelbier«, von den nächsten Ohren verschlungen zu werden.

21. Juni 1819, An Karoline, Stuttgart

Mir wollen die vielen vornehmen Schüsselchen gar nicht behagen; eine derbe Wirtshausschüssel ist mir gesünder. In Regensburg, Nürnberg, Frankfurt ißt man besser. Aber das Bier ist trefflich. –

3. September 1819, An Karoline, Löbigau

Mir wartet niemand besonders auf als der Bediente der Ende und die Bettmacherin; höchstens bringt mir einer das Bier, das vierfaches heißt und stärker als das baireuther ist.

14. Juni 1820, An Karoline Richter, München

Lasse mir jetzo, da (hoff' ich) das alte Bier getrunken ist, neues zugleich recht *bittres* und h e l l e s abziehen.; es wird dir doch noch jemand anderes als mein unerkenntlicher Bruder rathen können*

*[Fußnote: lasse die Weinflaschen zählen und schreibe mir die Zahl]

21. Juni 1820 oder am längsten Tage, An Karoline, München

Rehreny kann nur Harmoniebier verschaffen, das mir selten schmeckte; frage doch nach anderem besten herum und schone einige Groschen mehr, nicht. – Wollltest du den Wein abziehen, desto besser.

28. Juni 1820, An Karoline, München

Von Rehrey's Bier trinkt recht viel weg. Ich will ganz helles und bitteres.

Dezember 1820, An Gottlieb Richter, Bayreuth

Vorgestern setzte die Akademie der Wissenschaften in München einen Preis von zwei Dukaten auf die beste Auflösung der Preisfrage: was in Baireut jetzt das beste Gericht sei und was das beste Getränk? Gestern antwortete ich als Mitglied der Akademie: das beste hiesige Gericht sei ein Schinken von meiner Frau Schwägerin, und das beste Getränk sei das Bier, das mir eben mein Bruder, der Unteraufschläger, geschickt. – Heute mit umlaufender Post hoff' ich die beiden Dukaten zu bekommen, wovon du drei erhalten sollst. Ernstlich, lieber Bruder, mache nur, daß ich von deinem herrlichen Bier recht bald, recht oft und recht lange bekomme.

Dezember 1821, An Gottlieb Richter, Bayreuth

Die größte Gefälligkeit in diesem Mord- und Raubjahre kannst du mir durch das letzte alte Bier erweisen. Nur muß ich vorher Probe trinken, da ich sogar meinen Wein aus Frankfurt und Bremen erst komme lasse, wenn ich vorher Probe-Bouteillen verschrieben.

13. Mai 1822, An Karoline, Dresden

Ich habe hier die Wahl zwischen zwei trefflichen Bieren. Der Appetit hält an.

16. Mai 1822, An Karoline, Dresden

Sei so gut und fülle mir von der Tramplerin Bier. Auch der Wein wird aufzufüllen sein.

27. Mai 1822, An Karoline, Dresden

Der herrliche Schütz, der seiner Engländerin ein besonderes Haus nach englischer Bauart außer Dresden schaffen ließ, schenkte mir 6 Bouteillen engl. Ale (Oel) und 1 Büchse engl. Senfpulver, das nirgend hier zu finden ist.

2. September 1823, An Karoline, Nürnberg

Habe Morgensonne, das kunstgerechte Bett, kein Kopf-, kein Herz-, kein Unterleibübel, zu viel Appeteit und gar keine Mozion, ausgenommen

gestern den kurzen Gang ins Museum. Das hiesige, obwol schwächere Bier ist mir ordentliche Arzenei. Ich habe noch über 1/3 meines Weins, weil ich noch zu keinen Arbeiten gekommen.

2. September 1823, An Karoline, Nürnberg

Das hiesige, obwol schwächere Bier ist mir ordentliche Arzenei. ... Lasse ein Fäßchen Arnolds Bier Bier (von meinem Bruder zu besorgen) wieder füllen und vorher allen alten Bier-Unrath wegschaffen; und dann soll Weig auf einmal alle Krüge säubern, weil sie für die Länge des Winterbiers nicht säuern sollen.

3. September 1823, An Karoline, Nürnberg

Heute nahm mich der Buchhändler Eichhorn in den Bleicher-Garten (wieder 1/4 Stunde weit, Musik, 5 Uhr und Bier) aber dort war es unbedeutender, morgen hingegen, auf dem Hahnenbergzwinger, wohin mich Osterhausen führen will, ist es gedrängter und erlesener, aber freilich immer das alte aufgewärmte Sauerkraut.

»Was alles Böses gegen das Bier bei Philosophen gesagt wird, gilt nicht bei mir«

Aus dem Nachlaß

Nichts ist fataler, als wenn gerade die letzte alte Flasche Bier schlecht ist. [555]

Der Übergang von alten Bier zum neuen mühsamer als von A[lten] T[estament] zum N[euen]. [567]

Champagner das gesteigerte Weißbier. [579]

Der böse Übergang vom alten Bier zum neuen. [586]

Trinke ich Kaffee vor Bier: so muß ich oft pissen. [588]

Leidensperiode wenn neues Bier zu trinken ist. [590]

Was alles Böses gegen das Bier bei Philosophen gesagt wird, gilt nicht bei mir [550]

»Das Bier macht mich noch schwanken – in der Wahl nämlich«

Miszellen

»Jean Paul hat alles getrunken, Kaffee, Arrak, Likör, Wein, Bier.« (Rolf Vollmann, *Das Tolle neben dem Schönen*)

Jean Pauls Frau an ihren Vater, 4. Juli 1801:
»Aus Grundsatz und Ökonomie gewöhnt der gute Mensch sich den Wein ab und trinkt nur Bier.«

Herzog Georg von Meiningen, mit seinem dichterischen Versuch, Jean Paul im Jahre 1801 zum Bleiben in Meinigen zu bewegen:

Sie sollen hier bleiben
Und schreiben,
Und sollen haben
An Gaben
Frei Porto von Bayreuther Bier,
Nicht weniger ein frei Quartier,
Nebst Büchern, die Sie lesen wollen.

Paul Nerrlich, ein Biograph Jean Pauls:

»Für einen Augenblick hatte er daran gedacht, Meiningen mit Weimar zu vertauschen, aber schon damals hinderte ihn derselbe Grund, welcher ihn schließlich auch bestimmt hatte, Weimar eher zu verlassen, als er anfangs beabsichtigte, und auf den gleichfalls geplanten Besuch von Rudolstadt zu verzichten – das Bier. Immer wichtiger war in der Tat die Rolle geworden, welche das Bier in dem Leben dessen spielte, dem wir Gestalten wie Liane verdanken.«

Karl August Böttiger 1799 über Jean Paul:

»Richter befindet sich nur wohl, wenn er gespannt ist. Das Disputieren spannt ihn. Daher sucht er diesen Reiz überal, und ist ein animal disputax. Nur der, der ihm recht Gegenpart hält, gilt bei ihm. Nüchtern kann er kaum etwas schreiben. Er trinkt, wenn er komponiert, viel Bier oder Wein und sitzt erstaunlich warm, wie in einem Schwitzofen.«

Ein Hausknecht Friedrich Freiherr von Lupins:

»Ein Schulmann, schade, er verlegt sich aufs Trinken.«

Ludwig Wolzogen berichtet:

»Auch sah ich hier häufig ... den Dichter Jean Paul, der gerade von einer Reise nach Berlin zurückgekehrt war. Sein überaus lebhafter Geist und seine ungemeine Jovialität machten ihn zum liebenswürdigsten Gesellschafter. Auch verschmähte er die Genüsse des Lebens so wenig, daß ich ihn öfters in ziemlich benebeltem Zustande nach Hause zu bringen die Freude hatte.«

Achim von Arnim am 21. Juli 1815 über den Beweggrund von Jean Pauls Besuch in Wiepersdorf :

»Es war hier seit einem Monat ein ausserordentliches Gedränge von allerlei berühmten Mänern [...] Jean Paul wollte das Beerwalder Bier kosten«

Henriette von Knebel:

»Ich ehre Jean Paul sehr, aber was mir leid tut ist, daß er sich dem Trunk so überläßt ... ... ohne mit der Weinbouteille, einem Glas oder Bierkrug in der Hand, sieht man ihn fast nie am dritten Ort, und da läßt er keins Menschen Kinde zu Worte kommen.«

später: »Jean Paul sehe ich zuweile, er war noch kürzlich hier, es ist doch ein gar guter Mensch, dessen Phantasie unerschöpflich ist; schade, daß er sich dem Trunke so unbarmherzig ergibt, er ist öfters schon des morgens so betrunken, daß gar nichts mit ihm anzufangen ist, und dem schweren Gerstensafte gibt er sich so hin, mir und allen seinen Freunde tut es wehe, zuletzt wirkt es doch unvorteilhaft auf seine Geisteskräfte, dadurch stört er auch das Glück der Ehe.«

Therese Huber, Juli 1819:

»Ein großer Teil seines Gesprächs betrifft seine Werke, und wenn er etwas zitiert, was man nicht gelesen hat, wird er wirsch. Dabei hat er ein unbehülfliches Wesen, dick, gemein bis auf das Gesicht, und ist von früh bis abends vom Trunke gespannt, nicht betrunken. Früh arbeitet er stets bei zwei bis drei Flaschen Burgunder – das sagt er selbst jedem, der es hören mag – bei Tisch trinkt er mäßig, nach Tisch Bier, bei Tee vier bis fünf Tassen, halb Arrak, und abends, was Gott gibt.«

Später, Mitte Dezember 1822, behauptete Therese Huber gar, Jean Paul ziehe sich mit der »Schnapsflasche« zurück und tauche erst gegen zwei Uhr wieder auf »aber dann hat sich sein Äußeres stark verändert – ich, die ihm öfters begegne, sehe das wachsen! à mesure daß seine Flasche leerer wird, wird seine Stirn röter, und um zwei Uhr ist sie violett; er ist aber dann nur aufgeregt, gut, herzlich, aber nicht betrunken.«

Und zum Schluß noch einmal Jean Paul selbst
über eine seiner Nebenlieben:

Anfang November 1821, An Otto, Bayreuth

Deutsche Weine, auch die besten, bekommen weder Geist noch Magen sonderlich. Von rothem mehrte sich schon in Weimar mein Übel. – Zum Glück bekommt mir der starke Probe-Barsac herrlich; also seh ich wieder Land in diesem Todtenmeer.

Inhalt